U0058556

小說

地球萬花筒

大川隆法

小説　地球萬花筒　目錄

偏離正道

（一）

日光精舍館長小泉清源察覺到「牠」的存在時，梅雨季已經漸入尾聲了。

霏霏不絕的雨，讓精舍後院的小溪有些渾濁。

清源最近在電視新聞裡得知，伊豆、熱海一帶因大雨發生土石流，遭遇了百年一遇的災害。濁流席捲了一切，十數人死亡，約二十人失蹤。

大雨尚未結束，鳥取、島根、廣島、鹿兒島、熊本這條線狀雨帶上爆發了大規模的洪澇災害，秋田方面也出現了洪水。

廣島、熊本頻繁發生洪水和地震災害令清源覺得不對勁，連富士山麓也受災嚴重，這不得不讓人感到異常。

「日本的大神果真發怒了嗎？」

時任首相確實取消了於每年一月四日的慣例，與政府官員共同參拜伊勢神宮的活動，當時就預想到了天照大神有可能會因此引發地震。在清源這樣的宗教家來看，正因為這一年新冠病毒在全國蔓延，自內閣總理大臣以下的政府官員們才更應該正襟危坐的參拜伊勢神宮，為國土與國民的安寧祈願。

可是……小泉清源右手握拳撐著下巴，陷入了沉思。

「『伊豆、熱海』的重大災情，難道是富士山也震怒了？如果真是這樣，看來日本國民的薄弱信仰終於惹得天御祖神震怒了。」

「哎，你說是吧。」

清源面對跪坐在溪邊草地上仰頭看著他的，身長僅二十公分的紅棕色生物問道。

（二）

那個小小生物的喉嚨鼓起來又凹下去，如此重複了三四次，牠抬頭看著清源的眼睛，回答道：

「正是啊，館長。問題就出在信仰心上。」

不，正確的說法應該是，清源的耳朵彷彿聽到了牠這樣回答。在旁人聽來，恐怕只聽到「呱呱」的叫聲，而清源則是在自言自語。

清源擔任日光精舍的館長已有十年之久，年紀也過了耳順之年。

日光精舍是某個大型宗教團體的瞑想研修所之一，亦是「八正道」研修的中心。能提高靈性，又有人氣。

其實清源自身也是一個開悟的靈能者，備受前來參禪人們的尊敬。

「話說回來，在日光精舍參加過好幾次『真說・八正道』研修的你，如今竟然變成了一隻癩蛤蟆，究竟是怎麼回事？你到底造了什麼孽？」

癩蛤蟆猛地一哆嗦，馬上接話道：

「不，我沒殺人，沒偷沒搶，也沒做過強姦猥褻的事。」

「不可能。你肯定犯了什麼冒犯神佛之罪。」

癩蛤蟆回答道：

「我是清清白白、光明磊落的。不過，之前我的確不相信人在早上猝死，立刻就會轉生成癩蛤蟆。雖然這在印度的傳說裡出現過，我還以為是很久以前的事了。」

清源左手撫著下巴上的鬍鬚，盯著癩蛤蟆。

「你是犯了妄語戒吧。也就是以自我為中心，為了保護自己就信口雌黃、背叛他人，把別人的好意當成陷害自己的陰謀吧？而且還狂妄自大，自以為是日本第一聰明人，對吧？」

（三）

癩蛤蟆還想拼命辯解，但只能不停地發出呱呱的叫聲而已。

突然，從右邊的草叢裡鑽出一條約兩公尺長的日本錦蛇。

清源對蛇說：

「你是誰？」

「其實我也是個想透過學習佛法真理，成為一名出色尼姑的人。我為了把他從墮落中拯救出來，斬斷了自己的欲望，與他締結了婚約。可是，這個人不到一個星期就消失得無影無蹤。我在全國的神社佛寺裡到處找他。

不知不覺間，我發現自己正在地上爬行。生平第一次全身覆蓋著鱗片。我不停地向阿彌陀佛祈禱，終於順著這條小溪來到了這片草叢裡。」

清源問日本錦蛇：

「你當真活在純潔的愛之中嗎？」

日本錦蛇回答：「是的。」

「可是，」清源說著，輕咳了一聲。

「心靈無罪的人類女性不可能立刻變成日本錦蛇。妳必定出現過某種怨恨、嫉妒之心、憤怒之心，或者過於高漲的性欲。」

日本錦蛇稍稍揚起了鐮刀形的脖子。脖頸內側在漸近的黃昏中悲傷地閃著白色的光，口中吐出分叉的紅色蛇信。

「這個人說要跟我結婚之前，曾經騙了五個以上的女性，說要跟她們結婚或者私奔。而且，因為被女性說了上百遍『噁心、噁心』，他才變成了不會說話的癩蛤蟆。要回到人間界，必須被說一百次『可愛、可愛』才行。但是，怎麼可能會有人對一隻醜陋的癩蛤蟆說『可愛』呢？」

「所以說，這是阿彌陀佛最後的慈悲。」

話音剛落，日本錦蛇突然朝著癩蛤蟆襲擊過去。

癩蛤蟆像棒球一樣被吞了下去，並感受到皮膚幸福地融化。然後，日本錦蛇又鑽回草叢中消失不見了。

小泉清源喃喃道：「僅僅是控制色欲就很困難啊」，說完，他撿起腳邊的小石頭扔到了小溪裡。

「噗通」一聲響，他開始轉身往回走。

「晚飯不會有青蛙和蛇吧。素齋就足夠了。」

夏日的一天沉入了夜色之中。

某一天的閻魔大王

（一）

每到臨近盂蘭盆節的時候，閻魔大王總是有些不開心。

「工作量一年比一年多。光我一個人的工作一天就有三百件。而且每個都是些頑固的傢伙，勸說他們得耗費比以前更多時間。唔，是時候來一場『革新』了。」

在右邊保持單膝跪地姿勢的赤鬼用鐵棒敲了兩、三下地面，「是滴。是滴。」地點了兩下頭。

反正，來到這裡的人一個個都不知道閻魔殿的存在，不知道閻魔大王的厲害，也不知道赤鬼、青鬼、黑鬼的存在，還以為來到了迪士尼樂園的一個遊樂設施「鬼屋」呢。

而且更讓人生氣的是，他們不接受自己已經死亡的事實。其中有些囂張狂妄的傢伙反倒發起脾氣來，說自己是「空」、是「無」。但這些傢伙們好歹懂一點宗教，更加令人頭疼的是那些口口聲聲「不可知論」、「懸置（暫停判斷）」、「從科學上無法解釋」，以及說出「能不能借我手機」的傢伙們。有的傢伙還說「所謂的靈魂就是ＤＮＡ」、「心是大腦與神經連接放電而產生的結果」。

前幾天來了個身穿黑色法衣的人物，看架勢還以為他才是真正的閻魔大王呢。據說這個人曾在人世間當過審判長，他宣稱「靈」也好、「魂」也罷，還有「天國」、「地獄」，在憲法以及其他的法律裡都沒有規定，因此在「法治國家」裡不存在這些「概念」。還說「赤鬼」、「青鬼」屬於民俗學領域，自己不做認定。

還有些人，當閻魔大王開始解釋「血池」、「針山」、「焦熱地獄」、「寒冷地獄」等等的時候，竟然捧著肚子笑出聲來。諸如此類，令閻魔大王最近明顯的提不起幹勁。他束起頭髮、戴上墨鏡、穿上夏威夷襯衫、兩手握著硬式網球拍。

桌上的籃子裡像堆蘋果一樣放著硬式網球的黃色球，當決定對方的去處以後，就只是朝著那些混蛋的臉用力發球打過去，並宣判一句：「〇〇地獄」。

（二）

早春時節，赤鬼交給閻魔大王的「地獄革新計畫」裡，寫到：「東大的醫學研究所校區裡有一處開闊的賞櫻勝地，不妨在那裡的地底下建一處新式的醫院型地獄如何」。計畫書的主要內容是，在大房間裡擺滿床，讓人穿上病服，把輸液機器連成一串，抽甲的血輸給乙，再抽乙的血輸給丙，就這樣無限循環下去。這樣一來，死在醫院裡的人容易理解，也能成功實現「血池地獄」和「針山」的現代化，還能「創造」出「阿鼻叫喚地獄」，豈不是一石三鳥？

閻魔大王曾讀過名為《櫻花樹下沉睡著屍體》的小說，於是他探出身，說：「試試看吧」，同意了這個計畫。反正他是個一天能下達三百件判決的、出了名的速斷速決之人。就這樣，現代型實驗地獄誕生了。赤鬼、青鬼、黑鬼們扮成醫生和護士，逼著患者（？）走到那裡。

（三）

但實驗結果是悲慘的。就算被如此對待，誰也沒意識到自己死了，還以為要永遠留在醫院裡接受治療呢。

頭下腳上墮入無間地獄的，東大印度哲學研究室名譽教授等人住進了光線昏暗的特別病房，他們以為「這就是所謂的『涅槃』吧」。

閻魔大王倒吸一口涼氣：「人們連肉體和靈魂都分不清的時代來了。」

黑鬼勸慰道：「閻魔大王，大學入試中心測驗、大學入試共通考試之類的試題裡，不會出現天上界和地獄的。從無神論、唯物論的角度出發，科學性、實證性、邏輯性地去答題，才對求職更有利啊。」

閻魔大王抱著胳膊沉默了一會兒，說：「不用再解釋了。既然他們只知道肉體，那就讓他們的肉體在天國地獄裡冷暖自知吧。」

（四）

由於閻魔殿裡人手不足，也為了加快事務的處理速度，久違地啟用了古典式的地獄。

赤鬼：「閻魔大王，誇口自己以全優的成績畢業於東大的年輕男子，發送了一封恐嚇郵件式的情書『嫁給我吧（跟我發生關係吧）』後，因為不斷收到『噁心』的回覆而氣死了。」

閻魔大王：「讓他轉生成雨蛙吧。」

赤鬼：「假如有人稱讚他『可愛』的話，似乎還有可能返回人間界呢。」

閻魔大王：「既然如此，就讓他變成醜陋的癩蛤蟆吧。」

赤鬼：「最後一個被他求婚的女子，原本正痛苦地掙扎著，就在剛才噴出大量的鼻血，突然往生了。」

閻魔大王：「讓她轉生成日本錦蛇吧。」

就這樣，在日趨唯物論化的時代裡，頃刻間發生了現代式畜生道的一幕。

某天早上，
妻子變成了美麗女星……

（一）

哎呀，真是可惜。要是能堅持信仰直到六十五歲就好了啊。

我叫大山雄法，大約三十年前，我是個百分之九十的日本人都知道的人氣宗教家。

可是在十七年前，我生了一場大病，醫生說我將不久於人世。因為我的三條冠狀動脈都阻塞了，心臟的下半部已經不再收縮了。我的第一任妻子是東北地區的醫生的女兒，她早早地就告訴五個孩子們父親（就是我）快要死了。雖然我不願相信，但我聽說……當住院處的醫生說我活不過當晚的時候，她第二天就開始為再婚而積極準備了。我僥倖活到了第二天的早餐時分，負責治療我的醫生說：「只有在美國接受心臟移植手術這一個辦法了」。我大吃一驚，原以為過個十天或兩個禮拜我就能出院了。於是這一回，妻子又開始著手準備當第二代教祖，這如鬼神般的智謀真令人敬佩啊。

我以為當初只約會一次、喝杯咖啡就搞定了婚約，她甚至還讓我寫了簡歷強迫結了婚，第一任妻子自認為單憑自己的智謀就足以撐起一個教團吧。八年以後，長子長女二人進入了大學，二兒子、三兒子在有名的完全中學念書，等最小的女兒也上國中的時候，雙方彼此都提出了離婚，辦了手續。

那年年底，我跟擔任過我祕書的遠藤詩穗一起去銀座購物。在一家名叫「芙拉」的店裡買了些小東西後，我在位於地下的一間小咖啡廳裡一邊喝茶，一邊小聲地說了句：「我們結婚吧」，她說：「好。」於是，我在五十六歲時再婚了。第二任妻子曾在日本銀行工作，總把「日銀總裁每週上五天班」掛在嘴上，不，說錯了，這是她的守護靈的口頭禪。當時因為二十七歲的她，在接下來的九年裡，我兢兢業業地工作著。托她的福，到現在我說法三千三百次，出版了近三千本書，靈言、靈性解讀也達到了一千兩百次。這一切都多虧了我有位賢內助。

可、可是，某天早上卻發生了……。

（二）

睜開眼睛一看，原本應該在左邊床上熟睡的妻子正呆坐在椅子上。朝陽透過窗邊的白色蕾絲窗簾照射進來。那裡擺放著一架純白色的鋼琴。我揉揉眼睛，看到美麗的女星深瀨鈴正要開始彈鋼琴。鈴一邊哼著《青色地球》的曲調，一邊開心地彈奏著。我從沒直接見過她，不過因為以前出版過鈴的守護靈靈言集，感覺心的距離並不遙遠。

妻子轉過頭來對我說：「現在，日本靈界裡狐狸的靈力過於強大，應該鼓舞狸靈界。我想回四國的故鄉阿波德島，以金長狸、次郎長狸為核心，組織一次強化集訓。」作為宗教活動來說，這是件非常自然而然的事情。

於是，不在家的這段時間，妻子就委託深瀨鈴做代理妻子，並說：「請多關照。」

可是如何「請多關照」呢？已入老境的我，大山雄法，怎麼知道該怎麼辦？

就這樣，年約二十二歲的著名美麗女星，突然變成了代理妻子。

鈴看到家裡的客廳裡到處貼著深瀨鈴的海報，還擺放著深瀨鈴的日曆。

「不不，那個啊，那是因為我們對演藝事業也有涉略，我也在創作電影，所以常有女藝人的生靈到訪，那些是為了袚除才裝飾的啦。」我冒著冷汗解釋道。

鈴莞爾一笑：「知道了。不過，還是本人更好吧。」

我是個開悟的六十五歲宗教家。心裡不該有任何執著。可是……。

鈴：「哎，臥室裡放兩張床也太老氣了。從今晚開始我換成一張外國人尺寸的雙人床吧。」

唔……這直球太厲害了。年紀輕輕就獲得成功，靠得就是這種勇氣和迅速決斷的能力嗎？

鈴：「雖說您是宗教家，但也創作電影，也作詞作曲，還寫小說，看來作為女星的我也能幫得上忙呢。」

我只能「嗯」一聲算是回答。

鈴接著又開始詢問我的行程。

三十歲的長女咲夜基本上包辦了所有教團的實務，因此我沒有工作上的行程。

「嗯，我是隨靈魂的靈感而為的。」

「有時候突然想說法，有時候想作詞作曲，有時候突然收到編輯部送過來的校對稿，就校對一下。」

「空閒時間會散散步、看看電影、喝喝茶……。」

鈴：「那我來做企劃。我們創作一部名叫《大山雄法紐約戀愛物語 最終篇》的紀錄片吧。正好趁這個機會去新婚旅行。那麼，明天就出發！」

喔，好強的行動力。企劃書一個小時就做好了。如此這般，轉瞬間在紐約的拍攝兼新婚旅行（？）也結束，我如墜入夢境般，坐上了回程的「波音777」。

（三）

在飛機上，鈴基本上都在看電影。

我呆呆地望著窗外。

突然，一個二十公尺左右的閃光物體猛然地飛到近前。

雄法：「喔，是雅伊多隆的戰機吧。警備辛苦了。」

雅伊多隆：「現在我聽命於詩穗夫人。今天，要對您實施緊急逮捕。」

畢竟對方是外星人。不知道他在想什麼。

恍惚間，我來到了ＵＦＯ裡面。

等回過神來，我正在月球背面用鏟子挖坑，不管怎麼挖也沒有水湧出。我到底在幹什麼？

（四）

草津開拓支部的支部長赤鬼太郎，幾乎同時接到了警察和醫院兩方面的電話。

夜間有個老人突然跳進露天溫泉裡開始游泳，但溫泉水足足有四十三度那麼熱，以至於老人昏了過去。警察和醫院的人總覺得那容貌在哪裡見過。

那個老人不就是你們教團的大導師，大山雄法嗎？

真沒想到，一個我正在月球表面上用鏟子挖土，而另一個我則在草津溫泉像青蛙一樣被溫泉水煮了。

照這麼說，那正在寫這篇文章的我到底是誰呢？

「糟了。還沒對於失智症進行說法啊。」

意識就停留在那裡了。

啊，遠處隱隱傳來了《青色地球》的鋼琴曲。詩穗打敗狐狸軍團了嗎？鈴，平安地從紐約回到日本了嗎？

「好像在說什麼夢話呢。」

醫院的醫生看起來像極了令人憎恨的青鬼。

（注）讀過這篇原稿的「深瀨鈴」的守護靈說，自己曾在我被稱為「埃洛希姆」的時代，作為埃洛希姆的女兒，以「賽姆蘿絲」

的名字降生。原來我們曾是父女，這令我感到既遺憾又安心。

（大山雄法談）

對靈界的覺醒

（一）

稍微聊聊我自己吧。我跟靈界結緣的經歷。儘管在很多書裡多少曾提過，在這裡想簡單的歸納一下。

奇妙的記憶發生在小學一年級，我六歲那年。春天的四月時分，我還在和母親睡在一個房間，睡在她被褥的右邊。

母親不是那種可以很快入睡的體質，會在枕邊讀一會兒書。想來，書是從鎮上的行動圖書館借來的。不知為何，才六歲的我就能讀懂書名。我清楚地記得，那本書叫《雨月春雨物語》。

母親每晚都會為我讀一段。書裡的一頁插圖上，畫著柳樹下站著一個女幽靈。母親沒有解釋什麼是幽靈。但不可思議的是，她跟我講起了貓柳的故事。後來，每當在河灘上摸到光滑的柳芽，我都會想起《雨月春雨物語》。對我來說，關於幽靈的話題一點也不可怕，只是會讓我想起母親讀書的樣子，和貓柳而已。

那年夏天，我和父親用扇子，把在流向吉野川的小溪邊的竹林裡飛舞，閃耀著夢幻般光芒的源氏螢火蟲輕輕打落下來，裝進籠子裡帶回家。鋪著榻榻米的臥室裡還掛著蚊帳。當然，是為了除蚊子掛的。蚊帳裡面，幾隻源氏螢火蟲一邊閃著光一邊飛舞的樣子，有一種無可名狀的風情。這樣難得的情景，後來再也沒欣賞過了。

小學四年級以後，吃過晚飯，我就去小倉庫過夜。週末的白天我也常常在小倉庫的書房裡度過。我曾經有一次睡午覺到了傍晚時，被影子似的兩條黑色手臂壓住胸口，如此體驗像是被鬼壓床一樣。那五分多鐘很難受，我在榻榻米上向右翻滾才解開了束縛。

（二）

第一次體驗到幽體脫離，大概是在小學五年級那年的秋季祭典的時節。

以國中生為首，帶著我和我的幾個玩伴，抬著川島神社的神轎在鎮上巡迴。停在住戶門前的時候，會「sa-se、sa-se」的上下晃動神轎。然後，住戶裡會有人出來，把一千日圓左右的鈔票放進紙燈籠裡。那情景跟城市裡過萬聖節的時候很像。原本我被選為負責在舞臺上打太鼓。穿上法被、臉上塗白、繫上扭成一束的頭帶，目的是要吸引人們的注意。我一個月前就開始練習打太鼓了。可是，每次開車來接我的青年會議所的大哥，在神社前面的十字路口發生了交通事故，突然死亡了。因而我失去了光榮的任務，改去抬神轎。

祭典當晚，我突然發燒了。體溫超過三十九度，發起了將近四十度的高燒。

父母把冰袋吊到天花板上垂著，在我的頭底下放上冰枕，拚命想要把我的體溫降下來。由於醫生說超過四十度會死，父母都十分擔心。

我的靈魂從肉體裡脫離出來，朝地底深處沉了下去。像是乘坐在透明電梯裡似的，能看到岩漿圍繞四周，到處都是焦熱地獄。我在地球的中心停了下來。怎麼也回不去。我非常著急。

最後我放棄了回去的打算，想從地球中心往另一邊出去。於是，我的靈魂又開始動了起來。大概在美利堅合眾國一帶「砰」的一下鑽出了地面，然後從空中飛回了日本。

五十年後，我在超人的電影裡看到用世界引擎貫穿地球的畫面。

這跟我所經歷過的實在太像了。

大約在一年前，女兒夫婦二人參拜了川島神社，追查到神社供奉的神是天之日鷲之命。祂是我父親善川三朗的前世之一，也是高越山的供奉神。真是不可思議。

（三）

說起小學時代的神奇體驗，就不得不提到「犬神」了。某一天，母親說起在附近的長屋裡獨自生活的K婆婆會不會是犬神。據說在正月時，鄰居們看到她穿過川島神社的鳥居的瞬間，開始四肢著地的攀登參道。

而且，附近的農家媳婦抱著嬰兒的時候，她不停說著「好可愛」，一邊接過來抱著，並開始啃咬嬰兒的脖頸和手腕。

父親跟我講解，讚岐（香川縣）的「猿神」、阿波的「犬神」和伊予（愛媛縣）的「蛇神」都很有名。

母親的故鄉在德島市西部，她說那時左邊鄰居的婆婆也是犬神（大概是指犬神附身）。如果在婆婆家吃了什麼食物，或者帶婆婆給的食物回家吃，那麼那個人也會變成犬神。聽說那時候，母親的母親，也就是我的外婆從隔壁鄰居家引來了犬神，在半夜發燒了。於是外婆讓女兒去那戶犬神的人家門前，在雨滴順著簷槽滴下來的地方撿幾顆石頭回來。

然後把金屬網放到炭爐上，用炭火不停地烤石頭。這時，隔壁的婆婆開始痛苦地喊：「好燙、好燙」。外婆就這樣趕走了犬神。母親的妹妹（阿姨）在天亮時分，身上也留下了好幾處犬牙的咬痕。

只要跟川島町的犬神婆婆接觸過，那個人就會在半夜做惡夢，早上起來，手腳、脖子和背上會留下物理性的犬牙痕跡。

想來應該是動物靈吧，人們出於恐懼心理就把牠神格化，這才變成了「犬神」。

後來經過了十三、四年，我在東京的綜合商社的赤坂總部又遇到了犬神。比我年長十幾歲的中年男性不知為何被我們部門的人討厭，大家都排斥他。他出了名的愛說謊、愛敷衍，跟他打高爾夫的時候常耍賴，只要他在附近東西就容易不見。這些行為確實有點像狗，二十多個犬神附在他身上，特別讓人頭疼，我跟他來往兩個月左右就中斷了。

（四）

對了，再講一個小學時代從父親那裡聽來的，關於狸的故事吧。

父親三十歲的時候，在小倉庫的一樓成立了「四國製針株式會社」，並擔任社長。大概是因為當時縫紉機上用的針有市場需求吧，但公司只維持了三年就倒閉了。

我剛出生幾個月的時候，父親因患上嚴重的結核病住進了療養院。後來母親回憶起當時，父親咳血咳得把鋁盆都吐滿了。

那是父親住進療養院不到一年的時候，二樓隔壁床的男人嫌去洗手間麻煩，直接從窗口往外小便。不幸的是，當時剛好有隻狸（的靈）從窗下經過，惹得牠生氣了。

狸附身到隔壁床的男人身上開始洩憤。聽說還請來了修行之人為他驅狸。那些都是五、六十年前的事情了，聽上去像柳田國男的《遠野物語》裡的故事吧。

與外星人的近距離接觸

（一）

我從沒想過，能跟披頭四樂團的約翰．藍儂在靈魂層面上如此接近。我站在他被一個狂熱粉絲暗殺的那棟紐約市內的達科他公寓前時，他離開這個世界已經超過一年半了。四十歲便英年早逝的這位音樂天才曾居住過的，是一棟磚砌的長屋風格公寓。我在那裡駐足了一會兒，思緒萬千。

從那以後過了三十多年，一個自稱約翰．藍儂的靈人給了我靈示，於是就有了我所製作的電影《ＵＦＯ學園的祕密》裡的英文插曲〈Lost Love〉。它的日語名是〈もう愛が見えない〉（〈愛已不見〉），是由大川隆法作詞作曲的一首歌。因為我本身是靈能者，還以為只是個巧合。不過那絕非偶然，而是一個開端。其後他又降下靈言給了我數十首歌。

據說，約翰・藍儂在紐約住所的屋頂上跟昆蟲型外星人交談過，還收到了禮物（類似玉的東西）。

一九八二年夏天的時候，我對搖滾也好，外星人也好，都不怎麼感興趣，當時我是一家綜合商社的紐約研修生兼駐外人員。

聽說約翰把外星人送給他的禮物（玉），交給了七十年代以意念彎曲湯匙而聞名世界的尤里・蓋勒保管。那時候我還不知道外星人跟名人們有過近距離的接觸。

很久以後我才知道，外星人跟擔任過美國總統的甘迺迪、卡特、雷根、布希父子等人都見過面。

約翰・藍儂遭到射殺的一九八〇年十二月八日前後，正是我靈眼開啟的時候。我一照鏡子，看到我的眼睛發出閃光，身體周圍隱隱約約顯現出五公分到十公分的後光。

一九八一年的一、二月份左右，晚上念書的時候，一名身穿江戶時代風格的和服女性斜著橫穿過我的房間，當時我還聽到她的衣服在地面上摩擦的聲音。

同年三月二十三日時，開始能夠自動書寫。到了六月份，甚至可以降下靈言了。

（二）

一九八六年八月下旬至九月初寫下的《太陽之法》一書中，已經提到了外星人的存在，以及他們到訪地球的事情。不過，《太陽之法》基本上是一本由釋尊和部分由海爾梅斯的自動書寫而成的書，我還沒有確切地感受到外星人的存在。只不過在靈言等當中，經常出現宇宙和外星人的話題，因此我很容易就接受了。

其實，比起宇宙和外星人的話題，當時我把證明離開這個世界後存在著死後的世界這件事置於最優先。所以初期第一要務在於透過地球系靈團高級靈人的靈言來證明「實在界」的存在，其次，就是堅持不懈地闡述以靈的角度，對於世間人來說什麼才是正確的生活。一九九四年我一度暫停出版靈言集，以自己宣講教義和出版理論書為工作重心。

然而，不相信靈界的年輕人越來越多。在醫學上被判定死亡，我第二次復活的二〇〇四年，因為跟奇蹟和靈界的交流更加深入，二〇〇七年啟動國內巡錫、海外巡錫的時期，我又再次開始收錄了諸多靈言和靈性解讀。

二〇一〇年在橫濱體育館舉行的講演會中，我闡述了宇宙時代已經拉開序幕。講演後緊接著，應該是在下午三點鐘前的大白天，便有數千名聽眾在橫濱體育館的上空看到了ＵＦＯ機群。數量至少有上百架，甚至有人說達到了一千架。

我知道外星人們也在監視、聆聽我的講演。

我舉辦講演會的前後總會出現UFO，並開始不斷地被拍攝下來。我自己也透過飛機舷窗、在屋頂露臺，或散步途中，成功地拍到過很多UFO。夜間去宇宙旅行的情況也越來越多。而除了地球系靈人，我也同樣接收到來自外星人的訊息，並越來越頻繁的編撰成書。迄今我已經介紹了超過兩百種的外星人，甚至連UFO的種類也有所解說。

或許是因為我一直不斷的證明吧，現在非但不會遭到公開批評，甚至美國政府也開始公開與UFO有關的資料了。比如二〇二〇年春天，川普總統公佈了三種UFO的影像；二〇二一年拜登總統也公開了一百四十三件UFO的相關情報。

（三）

那麼，到這裡我先回到小說中的大山雄法。寫完「某天早上，妻子變成了美麗女星……」之後，各種疑問、提問紛至沓來。說實話，解答這些問題若稍有不慎，我恐怕無法在這個地球上乃至全宇宙存在下去。

女星深瀨鈴的海報依然在我的書房兼客廳裡熠熠生輝，但現在已經見不到她本人，畢竟妻子已經回來了。不過，女星、歌手的生靈前來糾纏不休的時候，鈴的守護靈還是常常會來幫我趕走她們。

說到生靈，幾年前，美麗的女星西川景子猶豫要不要跟一個老擺出 WISH 手勢的男藝人結婚的時候，她的守護靈經常來找我。

西川景子的守護靈是前世的靈魂，而且她還是個詩人，創作過一首人們耳熟能詳的詩歌：

「花色已逝，春雨霏霏；容顏亦老，遠眺之時。」

出版這位西川景子的守護靈靈言集時，我，大山雄法，從她的守護靈那裡收到了一首新的情詩：

「熾熱的生命之火，焚不毀非神之軀。」

為了避險，我決定不對這首詩進行解說。

可是，當時在教團裡擔任事務總長的是一位名叫神村姬子的年輕女性，她是曾在古代大和朝廷裡擔任過可能是女帝的人物。

她似乎立刻聽懂了西川景子守護靈的和歌的意思。

有天晚上，我正在睡覺時，神村姬子一副古代武人裝扮，懸浮在離地面一公尺左右的半空中，仰臥在床和右側衣櫃之間。當然，那是她的靈體，她的右手緊緊握著寶劍。

「妳到底在幹什麼？」

聽到我的問話，事務總長的靈體回答道：「我在保護導師，防止西川景子的生靈在半夜襲擊您。」

即便對我來說，那也是個極不尋常的體驗。

根據古代文書裡有關神村姬子的記載，她長了一條碩大的尾巴，全身覆蓋著七十二枚宛如鏡子般的鱗片。怎麼想她都應該是個身長與人類相差無幾的哥吉拉型外星人。而且，據說她還是皇室的先祖。

說起來，「天孫降臨」一詞，也可以理解成外星人降臨到日本大地上成為神明。

外星人意外地就在我們身邊。

話說，就在剛剛的深夜兩點，心裡正想著深瀨鈴的守護靈怎麼叫也叫不來時，沒想到天亮前的四點鐘左右，我做了一個與娜塔莉・弗特曼在好萊塢相會的靈夢。我坐在四人桌的桌旁，氣氛很好，一起用餐的時候她始終注視著我。

娜塔莉會說一點簡單的日語，跟我交談時主要用英語，其中也夾雜一些希伯來語。她說希望自己作為一名女性去演出電影《雷神索爾》。她還問我：「奧丁大人到底是外星人，還是北歐地球人的王？」

我對知性美人沒有抵抗力。我的妻子也曾經被稱為「德島的娜塔莉・弗特曼」。

娜塔莉很清楚，我曾被稱為奧丁神，索爾和洛基是我的兒子。有人說，由於我遲遲決定不了到底由誰當接班人而坐在王位上長達五千年之久。關於這個故事就留到別的機會再講吧。

外星人雅伊多隆以及草津的赤鬼負責我的警衛工作的事情也擇機再說。

那麼，現在我正在琢磨的是，我的名字到底是大山雄法，還是叫大山UFO比較好？

女人心與男人心

（一）

記得那是發生在我大學畢業進入商社工作的那一年，已經是差不多四十多年前的事了。

我只記得部分。一個朋友帶我去了惠比壽車站附近的一家英語會話喫茶店。一杯咖啡一千日圓，以當時來說算是高價了，不過那家店規定在店內只能講英語。因為會說英語的外國人可以免費喝飲料，所以每次都能見到三、四個外國人。朋友H君從在國際教養學部就讀時期開始就常去那裡，因此英語相當流利。

他和我一樣都是東大畢業的，不過他英語很厲害，為了避免被喫茶店的朋友們排擠，就自稱是東京外大的畢業生。

大概是第二次去的時候吧，他把在那家店認識的女朋友介紹給我認識。他甚至還說有在認真考慮要結婚。

H君離開座位去了洗手間。他的女朋友抓住機會向我靠過來，鄭重其事地問道：「結婚前，我想要搞清楚他所有的優點和缺點。你是他很要好的朋友吧？哎，把他的缺點統統告訴我。」

那時我還真是個死腦筋。朋友從洗手間回來之前，我把他的三、四個缺點老實地說了出來。回想起來，好像說的是：

「一、他酒品不好。

二、他有打斷別人講話的壞習慣。

三、他一到月底就會因為缺錢找朋友借錢。

四、他愛說謊，在男女問題上複雜。」

他的女朋友臉頰漲紅，稍稍平復一下情緒之後，她聳了聳肩向我道謝：「謝謝。多虧你告訴我，這樣我就能安心結婚了。」

H君回到座位以後，我們仍一如往常的和每一個人都相談甚歡。在這家喫茶店裡，大家互相以英文名稱呼對方，新加入的我看不出其他人的身分。

（二）

但是，第二次之後，我再也沒去過那家惠比壽的英語會話喫茶店。聰明的讀者應該已經明白其中緣由了。

因為後來，H君的女朋友揪住他的衣領，逼問他到底是跟我斷絕朋友關係，還是跟她解除婚約。無論H君如何替我解釋「他雖然嘴巴壞，骨子裡是個好人」，他的女朋友也不肯原諒我。

我不認為自己說了謊話。只不過在不懂「女人心」這一點上，我毫無辯解的餘地。

我不斷地跟H君道歉。因為身為正在考慮跟他結婚的女朋友來說，既然我身為他的好朋友，那麼當她對我說「我想知道他的一切」的時候，她原以為我應該會使勁、用力地誇獎他一番。我沒能考量到年輕女性在考慮婚姻大事時焦慮的心理，雖然堅守了「正語」，卻傷了對方的心。

不過，H君和我的友情並沒有因此而破裂。之後不久，他結婚了。我從沒問過他結婚對象是不是英語會話喫茶店的女朋友。無論在東京的公司裡，還是遠赴紐約時期，我們都經常見面聊天。

他很尊敬我，所以從沒說過一句我的壞話。

他在紐約總部的化學品部工作，主要負責銷售業務，在夜色中的紐約招待來自日本的生意夥伴。

幾乎所有日本來的供應商的男性喝了酒以後，都會提出「想試一次跟漂亮的金髮白人女性共度良宵」的要求，然後每次他就會把客人帶到某個地方。

我問他：「你都結婚了，怎麼還老去那種地方？」他咧嘴一笑，回答道：「我把客人帶過去之後，就坐在外面的長椅上等。」

「新婚不做虧心事」，這是他的男人心。

（三）

接下來，也是從大山雄法那裡聽來的往事。

那是他在鋼鐵部之類的部門工作過的一個朋友的故事。那個人畢業於一流的私立大學，大學在學期間在美國的大學留學過兩年，並順利畢業了。當然，他英語也說得非常好。傳聞他在入社考試的英語測驗中成績出類拔萃。這是理所當然的。他為人老成持重，入職以來就跟大山非常合得來。

不過他總是說：「無論相處多久，都搞不清大山心裡到底在想什麼。」

那是當時還單身的他到紐約研修時發生的事情。那時，他常去市區的酒吧，因為美國女性會去那裡找人請自己喝酒，他發揮自己出色的英語會話能力練習搭訕。

有天晚上，他搭訕到了一個金髮白人美女。對高大俊朗的他來說，搭訕成功也是必然的。在飯店房間內，那女孩一邊假裝脫衣服，一邊要他先去洗澡。他毫無懷疑地去仔仔細細洗了個澡，等他一邊用浴巾擦身體一邊走出來一看，馬上愣住了。除了衣服以外，錢包、信用卡等貴重物品都從房間裡消失不見，金髮美女也人間蒸發了。

大山看著他懊惱不已的表情，不禁由衷地感謝上天，幸虧自己既沒有搭訕白人女性的勇氣，也不具備那個英語能力。朋友N君為了不讓大山也碰上同樣的遭遇才特地忠告他。

比他晚入職一年的M君遇到的則是這樣一件事。他晚上喝酒到很晚，醉得東倒西歪。跟他同年入職的美國男人親切地對他說，自己就住在曼哈頓的一間公寓，可以去他家住一晚。於是M君就去了他家，在美國同事身旁呼呼大睡。

半夜兩點多，M君聽到了「哈、哈」喘粗氣的聲音，還察覺到有人正在脫自己的內褲，他一下子就醒了。當時還不用「同性戀」這個詞，而是叫「基佬」。就在慘遭強暴的前一秒鐘，M君奪門而出，在夜色中的曼哈頓倉惶奔逃。

（四）

話說，那位大山雄法先生就沒發生過任何故事嗎？不，也不能這麼說。白天使用英語工作，壓力過多的前輩們會帶他去市區一家名叫「酷愛壽司的傢伙」的卡拉OK酒吧，裡面的座位以吧台為主。在那裡，前輩們經常讓他唱《母親》、《雨的慕情》、《桃色吐息》、《記憶玻璃》之類的歌。那家卡拉OK酒吧的老闆是個日本男人，嬌小漂亮的助理從一、兩個月前開始在店裡幫忙。聽說她之前在日本的M商事擔任幹部祕書，後來辭去工作到美國學習英語會話和舞蹈，晚上則在以日本客人為主的卡拉OK酒吧裡打工。

前輩們先後想約她出去，不過都沒得逞。她把自己保護得像銅牆鐵壁一般。店老闆說：「她還是處女呢。」

於是前輩們第一次把年輕的大山帶去，說：「你去搭訕，爭取跟她約會。然後要拍張照片當證據。否則就在工作中再多給你苦頭吃。」

唔，算是一種威脅吧。

就這樣，自稱「不受歡迎的男人」的大山在吧台旁開始跟她搭訕。她先是說：「請給我兩張名片。」這是為了避免有人冒用別人的名片去騙她，若是拿得出兩張名片的話應該就是本人了。然後她又說：「為了記住您的樣貌，近期請再來一次。」

隔週，她同意週日跟大山約會，而且真的在白天的中央公園約會成功，還拍了照片當證據。上司和前輩們都驚呆了。「大山那個傢伙，不能小瞧他啊。真有一套。她跟我們公司位高權重的○○先生的夫人很像……。」但是，到這裡為止還只不過是場遊戲。後來，她在週六晚上十二點多打電話到大山的公寓。「明天的中午時分，我可以去您家嗎？」

他大吃一驚，趕緊找藉口「房間很亂」回絕了她。

一個月後再去「酷愛壽司的傢伙」那家店時，發現她已經辭職了。店老闆擺出一副洞悉一切的表情嘟囔了一句：「她已經不是處女了喔。」

聽說原委是「她原本寄宿在親戚家。有天突然打電話給閨蜜，並說：『就說我住在妳那裡』，這才發現她有了男人。」

「感覺有些對不起她啊。」後悔的念頭在大山心中湧現，這邊只是逢場作戲，對方卻當真了。難道她是自暴自棄了嗎？大山在心裡發誓再也不玩弄「女人心」，並重新回到了大好的星期天卻在默默把紐約時報、華爾街日報上的經濟文章剪下來貼成剪報的日子……。

妖怪考

（一）

天照大神從慣常的午睡中睜開了眼睛。最近出現在惡夢中的總是那個男人。他從不出現在自己的面前，老是靜坐在背後端著茶杯喝茶。僅僅如此還算不上是罪過。可是最近，在日落到天明的這段時間，天照大神在自己房間裡休息的時候，犯罪卻越來越多了。陽光普照的時候，罪惡會隱藏起來，待黑暗漸濃，罪惡便開始增殖、活躍。這在任何時代都是一樣的。

美利堅合眾國的高譚市亦是如此，那裡犯罪頻發，數量相當於紐約和芝加哥的總和，黑暗騎士蝙蝠俠在那裡活躍著。或許是天照作為太陽女神的弱點，在大和之國，每到夜晚，百鬼夜行已經常態化。

前些天嘗試著派八咫烏去解決，這些傢伙們的夜視能力很強。

但是八咫烏們卻指出，由於敵方的基本戰術是「迅速逃跑，瞬間繞到身後」，因此牠們所擅長的急速落下用鳥喙攻擊的方式便發揮不了作用。避開對方的視線範圍，從背後戳敵人的後腦、脖頸是烏鴉的習性。敵人會因為過度恐懼而「啊！」的尖叫著逃走。因此，人們也會戴上寬簷帽或者撐傘來躲避烏鴉。

為了執行天照大神所頒佈的《破壞活動防止法》，八咫烏首先加強了奈良、和歌山周邊的威嚇警備。但他們在上空巡視時不見敵人的蹤影，降落到地面附近停靠在樹上的時候，不知何時敵人就繞到背後去了。

「天照大神，敵方的土蜘蛛一族非常狡猾，就連動物中被說成智商最高的我們烏鴉一族也逮捕不了他們。由於事先不清楚那些傢伙有何圖謀，只能等他們動手後以現行犯逮捕，所以現在拿他們沒辦法。」

說完，八咫烏的首領聲稱要先去忙著備戰下一屆世界盃，便飛走了。

（二）

天照大神陷入沉思。在日本，蝙蝠俠的英雄感不足，而且只要對方的基地還設在山岳地帶，蝙蝠車也就用不了。考慮過讓黑鬼嘗試模仿蝙蝠俠，但黑鬼行動遲緩，且揮舞大鐵棒也不適合用來對付土蜘蛛。不過，大和的諸惡之根源絕對就是那個土蜘蛛族的首領「滑瓢」。他從不親自動手，總是讓部下代勞。他也不發動攻擊，而是悄無聲息地潛入皇宮大內，在天照大神背後的榻榻米上盤腿坐著喝濃茶。只有當身體失去能量、對任何事情都提不起幹勁、感覺「有點不對勁」的那一個瞬間才能察覺出「滑瓢」的存在，然而等回頭去看的時候，他已經失去蹤影了。

天照大神同時也是光明思想的根源，由於她會直接發出光，所以當對方隱身在陰影處時，光也被遮住了。因此，這位女神既不喜歡夜晚，也討厭任何東西繞到她的背後。對方是個如教父式的陰謀家這一點也被她所厭惡。

（三）

換成釋迦牟尼的話，他會運用什麼樣的智慧來化解這個問題呢？天照大神讓三公尺左右的棉花雲漂浮在宮中的庭院裡，然後她身穿和服，「咻」一下坐到雲上，疾速飛向天上界去見釋迦牟尼了。

釋迦牟尼用哆啦A夢的玩偶當枕頭、胸前抱著熊貓寶寶的玩偶、把龍貓的玩偶撐在腰間，正以臥佛的姿勢躺在黃金的雲上休息。

「到底有何事，天照女士。」

釋迦牟尼似乎有些睏倦的半闔著眼，開口問道。

「其實，我正因為難覓蹤跡、以洞窟為據點的土蜘蛛族，尤其是他們的首領『滑瓢』而感到棘手。能否請釋迦牟尼指點迷津？」天照回答。

「唔，這樣啊。妳不是宣講過『鏡之法』嗎？」釋迦牟尼說。

「對，我喜歡鏡子，並且我的教義就是要像照鏡子一樣直視自己的心靈，端正扭曲之處。」天照說。

「這很好啊。」釋迦牟尼似乎有點不耐煩地說道。

「背後的敵人也能被鏡子照出來吧？」

「原來如此。」

「要對付大白天也黑漆漆的洞窟，可以用很多面鏡子將陽光反射進去，這樣就能把洞窟的最裡面也照亮了，對不對？」

原來如此，正所謂當局者迷。釋迦牟尼立刻得出結論。

天照大神喜不自禁，再次「咻」一下駕起了棉花雲。

（四）

天照大神命令「鏡造御助神」製造出各式大大小小的鏡子。眼睛只能看到眼前的部分，但若是在房間各處都擺上鏡子的話，那個髮際線快退到後腦勺的死禿頭「滑瓢」一定無所遁形。

天照大神還命人做了宛如盾牌般的特大號鏡子。不出所料，果然能把太陽光反射到最裡面去。土蜘蛛一族如鳥獸散，東逃西竄。

八咫烏一族急速落下，攻擊蜘蛛們的脖頸。

「滑瓢」被黑鬼和赤鬼以「顛覆國家罪」的罪名逮捕。四肢細瘦、弓腰駝背的老人穿著廉價的飛白花紋和服，紅色兜襠布在兩腿間晃蕩著。

天之手力男命將「滑瓢」用繩子捆住，再把他單獨關進了四周擺滿鏡子的房間。

那麼接下來要解決的是，如何封印他邊喝濃茶邊偷偷吸取人類能量的特殊能力。

天照研究了「滑瓢」的弱點。

然後她一拍膝蓋：「讓從國外回來的青鬼去負責看守，而且只准用英語對話。禁止他喝日本茶，允許他一天喝九杯咖啡。」

那麼如何讓「滑瓢」反省呢？他如此精於誆騙。與天狗不同的是，他會像貓一樣細聲細語的奉承恭維，還會擺出一副謙遜有禮的樣子。

於是天照叫來了烏天狗，讓他每天去跟「滑瓢」辯論一次。烏天狗被抽掉能量後性欲下降，「滑瓢」被烏天狗吹的牛皮折磨得每日頭痛欲裂。

真沒想到，被稱為妖怪的最高指揮官的「滑瓢」就這樣被封印在了裏側靈界裡……。

山姥考

（一）

山姥這個詞有些過時了。它指的應該是住在人跡罕至的深山裡的女怪物。應該是鬼女吧？山姥常常出現在「日本傳說」裡，跟以都市生活為主的現代已經沒什麼關係了吧？大概很多人都這麼想。但是，這種想法是不是有點天真呢？熟知山姥的人，與對其一無所知的人相比，兩者在人生智慧上將是天壤之別。看著早上晚起的妻子在矮桌上擺開方形鏡子，耗費三十分鐘乃至一小時的時間化妝的樣子，不禁想起山姥而不寒而慄的男人，是歷經人生春秋、富有智慧的人。

出現在「日本傳說」裡的山姥的形象，是親切地招待夜晚在山裡迷路的旅人之後，半夜在日式拉門上映照出她嚓嚓研磨斬肉刀的身影。當旅人看到房間一角那堆積如山的白骨，便會意識到自己的命運。用自己的性命作為一晚的住宿費，代價也實在是太高了吧。山姥的眼睛閃著精光，頭上生出兩隻角，嘴裡呲出獠牙。

在鬼故事裡，全身上下只穿一件虎皮短褲出場的永遠是男鬼。所以女鬼的話，就被描繪成山姥那個樣子。

恐怕很多人會想：「啊，以跟部門同事喝酒當藉口，晚上很晚才回家的時候，頭上長角、河東獅吼的老婆就是那個樣子啊。」這種想法還是太膚淺了。

山姥真正的厲害在於，她可以變成鬼、變成天狗，還可以變成蜘蛛和蛇，她擁有女人身上所有可怕之處。那既是她為了生存下去的能力，也是「魔性」的本質。

女人總在樹枝之間架起蜘蛛網，等待蟲子撲上來。那些粉飾自己，像飛蛾一樣張開翅膀炫耀的男人輕易就會被網羅住，被滑下來的蜘蛛奪走性命。因學歷、容貌、財富、家世、知名度等等而自我陶醉的男人們，都是這樣的人。懂得生存之術的男人寥寥無幾。

（二）

在山姥的傳說中，最高傑作應該是「三張神符」。故事講的是山間寺廟裡住著一個老和尚和一個小和尚。小和尚很任性，不肯聽老和尚的話。某年秋天，小和尚說想去對面山裡撿栗子。老和尚警告他山裡深處住著山姥，但小和尚太想去撿栗子了，他的欲望膨脹得像山一樣高。於是，老和尚交給小和尚三張隱含了法力的神符，對他說：「萬一被山姥抓住了就使用這些神符。」小和尚卻毫不在意。

就在他沉醉於撿栗子的時候，天色徹底暗了。這時出現了一個面善的老婆婆。小和尚說：「啊，嚇我一跳，還以為是山姥呢。」老婆婆說自己家就在附近，可以幫他剝栗子殼，煮栗子給他吃。小和尚說：「那真是太好了。」就跟著去了。看著肚子吃得圓滾滾的小和尚，老婆婆親切地留他住下。筋疲力盡的小和尚倒頭就睡，卻在半夜突然聽到了磨刀聲。

他拉開拉門偷偷一看，竟然就是磨著斬肉刀、頭上長了兩隻角、眼露精光、呲著獠牙的山姥。

小和尚靈機一動，謊稱要去外面的廁所小便。山姥為了防止小和尚逃跑，用繩索捆住了他的腰。

小和尚把繩索的一頭繫在窗戶上，貼上了第一張神符。當山姥問「你還沒好嗎？」的時候，神符應聲道「還沒呢。」幫助小和尚趁機從後門逃走。神符幫他爭取到了一點逃跑的時間。等山姥用力拉繩子時，小和尚已經逃跑了。於是，面容可怖的老婆婆在小和尚身後拼命追趕，這對他來說簡直是場惡夢。

這時，小和尚拿出了第二張神符：「變成一條大河吧！」突然山間立刻出現了一條河，引起了洪水。但山姥也不是省油的燈，她張開大口把河水咕嚕咕嚕全都吞下去，接著追了上來。敵人的魔力和腳力也非比尋常。

（三）

這時，小和尚將第三張神符扔向了山姥，命令道：「變成火吧！」於是山林燃起了大火。但這也難不倒山姥。她把吞進去的滿肚子河水從嘴裡噴出來，霎時就熄滅了山火，緊接著嗒嗒嗒嗒地追趕小和尚。好厲害的魔力，好厲害的執念。

小和尚終於回到了山寺，但無論他如何大喊：「師父，快開門」，正在寺裡面烤年糕吃的老和尚也不理他，說：「我現在正忙著吃年糕呢。像你這樣任性的小和尚，乾脆被山姥吃了吧。」

小和尚一遍又一遍地拼了命喊著：「救命！」老和尚才終於放

他進去了。小和尚躲進一口大缸裡，蓋上了蓋子。

然後那個山姥出現了，威脅道：「和尚，把小和尚交出來。要不然我就從你開始吃。」

老和尚波瀾不驚。「那麼，我們來比一比變身吧。妳要是贏了就讓你吃。」

「妳先變大吧。」

聞言，山姥變大了兩倍以上。這對變幻自在的妖怪來說是小菜一碟。

「那接下來，妳再變小看看。妳能變得像豆粒一樣小嗎？很難吧？」

老和尚看上去對這個遊戲很有興致。

「好，這樣如何？」

山姥縮小成了豆粒一般大。

老和尚用年糕把變小的山姥捲起來，「哪樣？」說著就一口吞了下去。

老和尚的法力和智慧讓小和尚敬佩不已。

在老百姓相信僧侶擁有法力、能夠懲治魔物的時代，某種意義上來說應該算是幸福的時代吧。換成現在，人們恐怕只會刀槍相向。

（四）

其他的故事裡也曾提過山姥。

一個女人出現在一個獨身男人的面前，對他說：「我不用吃飯，很能幹，讓我做你的妻子吧。」她確實沒在男人面前吃過飯。過了幾天，感覺不對勁的男人佯裝出門工作，爬上了房頂，從天井上往下一瞧，發現女人從穀倉裡拿出米來放進鍋裡蒸熟，正在做飯糰。見此情景，丈夫從天井上跳下來，責問正要偷吃飯糰的妻子。就在這時，妻子的頭頂上張開了另一張嘴，用那張嘴把飯糰吃掉，最後從頭頂上的嘴裡吐出舌頭來。看樣子，與其說她是山姥，倒不如說更接近外星人。故事的結尾是，男人從田地裡摘來菖蒲葉扔了過去，山姥以為那是鋒利的刀子就逃走了。

還有個令人記憶深刻的有關山姥的故事，是香川縣某座島上的一個有趣的傳說。這個傳說的山姥體型碩大，半裸著生活。晚上有時候會在池塘裡游泳。

有天晚上，兩個漁夫把船停在岸邊，升起篝火，把魚串起來烤著吃。這時，山姥突然出現了。兩個漁夫拚命划槳，駕著小船離開了島嶼。

山姥屹立在海岬上，交替揉捏著左右巨乳，於是，乳汁越過海面一下子就擊中了船頭。然後，她用魔力把船定住了，完全動彈不得。兩個漁夫認命了，開始唱誦「南無阿彌陀佛……。」，沒想到山姥竟被經文感動得淚流滿面，小船也順利逃走了。類似的故事讓人感到，被巨乳魅惑成為囚徒的男人有多麼可悲。

任何女人都有成為山姥的潛在的特質。真懷念那個僧侶擁有法力，相信信仰心會帶來好處的時代啊。遺憾的是，明明真理確實存在，卻由於現代教育而逐漸被遺忘了。

外星人雅伊多隆

（一）

接下來登場的是之前提到的外星人雅伊多隆。關於他的事情值得寫上幾筆。

我，大山雄法，拍過很多ＵＦＯ的照片和影片，在接觸過的數百個外星人當中，與我關係最為密切的就是雅伊多隆。我知道他一年三百六十五天幾乎都在我的身邊負責警衛工作，真的很感謝他。

我想借此機會稍微介紹他，以表感謝之意。我在國外舉行講演會的時候，無論是美國、加拿大還是德國等國家，他總會飛過來貼身保護我。在埼玉超級競技場舉辦講演會的時候，祕書在高速公路上對著車子右邊的天空拍照時，確實地拍下了與我們並行的雅伊多隆戰機。之後我問他為什麼這麼做，他說是為了在對向車道有大卡車衝過來，或者有人從樓頂上企圖狙擊我的情況發生時，能用雷射光束進行防衛。就連我的祕書們，也沒能將警衛工作考慮得這麼周詳。

我比自己認為的更加重要，似乎是這個地球上的ＶＩＰ。在地球上，無時無刻受到外星人警衛的能有幾人呢？因為我總在批判唯物論勢力以及全體主義勢力，不用說，我確實在地球層面上樹立了敵人。

現在，就某種意義上，這個地球進入了專制主義國家與相信神明的民主主義國家之間發生對立的時代。此時的日本，正處於是向唯物論勢力低頭，還是彰顯擁有信仰的民主主義勢力的光榮的分岐點上。

與此同時，我也是其中一個，主張二〇一九年底開始的世界性新冠大流行，是某個國家使用生化武器來進行世界戰爭的人。

說我被雅伊多隆丟去月球背面挖土什麼的只是個玩笑，其實他只是告訴我月球背面存在著惡質外星人的基地而已。

（二）

那麼，惡質外星人真的有地球侵略計畫嗎？看樣子是有的。尤其在秦始皇—毛澤東—習近平這條線上，有更加惡質的宇宙存在，並介入了地球侵略計畫。是諸如阿里曼、坎達哈之類的外星人。很久以前，在底格里斯—幼發拉底河流域的瑣羅亞斯德信仰光明之神阿胡拉·馬茲達的時候，阿里曼曾是與他為敵的暗黑之神。那時，瑣羅亞斯德成功的將阿里曼趕出了地球。

坎達哈這個外星人，把一部分宇宙技術給了中國軍方，企圖破壞地球的防禦系統。新冠病毒大流行之前，元朝攻打歐洲的時候也曾流行過瘟疫，以至於歐洲的國家有的人口減半，有的僅剩三分之一。

現在，他針對如何對先進國家發動網路攻擊、如何破壞人造衛星、如何透過人工貨幣引發大恐慌、如何製造出人類與外星人的混血人種、如何製造地震武器、如何引發美國加州以及澳洲山林火災等方法做了指導。他還企圖逼迫先進國家接受透過碳中和，實現二氧化碳零排放的目標，以達成文明退化的目的。

另一方面，他讓LGBTQ等在民主主義國家流行，意圖破壞地球的傳統價值觀和地球神的教義。由於地球人遲早會被他們暗黑宇宙的爬蟲類型外星人所捕食，所以妄想以此來破壞組織性文化。

如今，敵方外星人最為熱衷的是UFO科技的完全導入。對此，雅伊多隆、R．A高爾、梅塔多隆等人正在阻擋他們。他們宇宙防衛軍方面正在各個銀河打擊阿里曼、坎達哈等裏宇宙的居民們，這才是正確的宇宙史。

直到目前，雅伊多隆等人沒有戰敗的跡象。

（三）

那麼，雅伊多隆是怎樣的外星人呢？先說說他的座駕，那是位於地球上空一萬到兩萬公尺處的母船。全長一到兩公里，裡面像個微型城市。平時處於隱形模式，既看不到它，雷達也偵測不到。各戰機以母船為據點，出現在地面上空三百到八百公尺附近。有時候是可以容納數十人的中型戰機，有時候是兩、三人乘坐的小型戰機。

一般來說，人們察覺不到他們的存在。ＵＦＯ的表面要麼是銀色，要麼當ＵＦＯ右邊的景色轉到左邊，或者後方的景色轉到前方顯示時，會出現透明感。所以通常，沒有靈感是拍不到ＵＦＯ照片的。當他們明確展現出真面目的時候，必定有所意圖。由於夜間容易被星星擾亂視線，他們有時會緩慢地漂浮在空中。

雅伊多隆為我提供警衛時，經常使用小型戰機。戰機是上下兩層的，當他身處下面一層時，會使用雷射槍或者雷電型攻擊武器。當他到上層的時候，則是在關注我在地球講演或者在家裡談話的情形。那是一架橫長約十到二十公尺，高度約五公尺的ＵＦＯ。雖然它可以自由自在的變化行動，但因為內部是雙層構造，所以仍然安定穩固。雅伊多隆也是個能夠變身的外星人，因為他出生在麥哲倫星雲的伊爾達星，處於戰鬥狀態時他的頭上會長出兩隻角來，變成堪與爬蟲類型外星人一戰的鬼型外星人。平時，考慮到地球人的目光，他通常會變成超人的模樣，只是胸前的「S」字樣被「R」字所替代。「R」字既代表了他最高司令官的身分，也說明他擁有彌賽亞的資格。警衛上最大的敵人，現在潛入了中國。他是在阿里曼、坎達哈麾下擔任突擊隊長的巴祖卡。由於他屢屢企圖暗殺我，每當舉行重要活動等的時候，他就會召集數名部下駕駛戰機，向我發起突襲。當危險朝我逼近時，雅伊多隆胸前「R」字上的燈光就會開始閃爍。他的戰機會在大氣層中以「8馬赫」甚至「10馬赫」的速度移動，並立刻出現在我身邊。

有時用心電感應跟他交流的時候，偶爾他也會暫時不在。他會回覆說自己正在沖繩上空調查颱風，或者有次我住進札幌的飯店裡時，他正在海峽上空透視新幹線從青森駛向函館的情形。毛澤東之流的惡魔在我講演前意圖加以阻撓的時候，雅伊多隆、梅塔多隆等人會使用電擊一閃把他們趕走。

雅伊多隆有位妻子，她通常會去乘坐其他戰機。他的妻子是地球著名歌手網村奈美惠的宇宙姐妹（宇宙魂）。網村奈美惠曾經集結數萬名粉絲在大型體育場舉辦演唱會，能邊跑邊唱近兩個小時，遺憾的是她在四十歲的時候退出演藝圈了。雅伊多隆的妻子叫做「納米爾」。我創作的電影的主題曲《真正的驅魔師》的演唱靈感就是她給予的。她頭上的兩隻小型的角可以發出雷電般的電流，因此，地球的網村奈美惠開演唱會的時候，她就會從宇宙降下滋滋作響的光線。

（四）

私人話題有些羞於啟齒，我從妻子那裡得知，雅伊多隆會在三十秒之內，用結合了淋浴和吹風機於一體的裝置以保持身體清潔。只能感嘆一句「真方便啊。」

住在地球的人們並不知道很多來自宇宙的外星人正在守護自己。他們大多數是早在數億年前，就從其他星球移居到地球上的人們的子孫，或者是留在母星上的人們透過時間旅行來守護地球文明的盛衰。

地球在二十一世紀中飛速進入宇宙時代。作為心理準備，我傳遞了豐富的ＵＦＯ以及外星人的相關資訊。雖然其中也混雜了敵人，但八成左右是願意保護地球文明，在危難時會伸出援手的正義的外星人。雅伊多隆就是「正義」的代表。有的人稱我為「埃洛希姆」，有的人稱雅伊多隆為「耶和華」。所以，耶和華並不是地球人。

草津的赤鬼先生

（一）

我去過幾次草津溫泉。

因為職業的關係，有時候需要一個可供我進入瞑想狀態的空間。我常去那些作家們經常留宿的溫泉旅館、景色優美的海邊、伊豆或京都一帶旅行。

旅行的時候，有時我會帶上文學和哲學的書籍，有時是為創作詞曲或者構思電影劇情尋找靈感。

草津著名的湯畑周邊有一根頗有淵源、雕刻著很多相關人名的石柱，其中就有參與建造東大寺大佛的行基菩薩的名字。真是不可思議。因為常與行基菩薩和愛德加・凱西商談教團營運方面的具體事務，所以跟行基靈已經有三十年以上的老交情了。

不過沒想到的是，在奈良耗費了兩倍的國家預算來建造毗盧遮那佛的行基，竟然還開掘出了草津溫泉。我們奉為聖地的四國八十八所寺院也是由弘法大師・空海或者行基一手創建的。

那份超凡的行動力、事業力、信仰心、事業構想能力實在令人欽佩。當我得知行基的轉世之一是二宮尊德的時候，我覺悟到擁有信仰心的日本資本主義的精神是存在過的。

閱讀奈良時代的文獻，就會發現行基起初也被當成了民間的沙門（修行僧）對待，似乎也被朝廷視為新興宗教而遭到迫害。然而，因為無法遏制民眾對行基的信仰，後來當朝的聖武天皇、光明皇后等人以建造大佛為契機從全國籌集預算，可說是對行基的信仰心推崇備至了。坐在可俯瞰奈良若草山的喫茶店裡眺望，那片山丘的斜坡上，在當時聚集了五千名以上的民眾，一同聆聽行基說法。那盛況堪比耶穌・基督，簡直讓人感動到顫抖。恐怕菩薩的稱號已然不足以匹配他，行基應當是一位更加、更加偉大的人物吧。現在依然流傳著「天御祖神」在三萬年前降臨到富士山麓的時候，他曾作為「天御助神」為國家的建立做出了貢獻。

（二）

跟隨行基開拓草津溫泉的弟子之一曾在建造奈良大佛時擔任木匠，是個棟樑之材。他歸天之後，受命負責守護作為溫泉療養地的草津溫泉。這就是如今被稱為「草津的赤鬼先生」的真實身分。

至今我去過好幾次草津溫泉。去年夏天住在某間旅館的我，大山雄法，才第一次見到了以靈出現的草津赤鬼。

那是個以岩浴聞名、擁有一千兩百年歷史的地方。那裡的溫泉村裡竟然有閻魔殿，閻魔大王座下約有一百名鬼，負責草津全域的各個溫泉村。

去年，由於新冠病毒開始爆發，光顧溫泉村的客人越來越少。這時草津的赤鬼先生前來對我說，草津的溫泉水能消滅百分之九十以上的新冠病毒，還能治療除了情傷之外的所有病症。並說自己在至今的一千兩百年間，已經治癒了很多旅人和擁有信仰的人們。

不過，事實上連情傷也是可以治的。一般來說，當男女為愛所困，分手或者感情破裂之後，會因生靈附身而出現精神狀態欠佳、身體不好的情況。聽赤鬼先生說，生靈作惡的時候用鐵棒用力敲頭數十下，生靈就會逃走。因此，不知有多少人都因而放棄了自殺的念頭。還有，被色情靈附身時會將其拖到審判之地，請閻魔大王作出裁決，將此人帶去血池地獄或針山。也就是說，不是治不好情傷，而是以神佛的目光來看，不能容許的戀愛就要果斷放棄而已。

赤鬼先生的「赤」色，是由正義而來的「神聖的憤怒」之色。除此以外，青鬼先生的「青」色，是理性、合理判斷的象徵。黑鬼先生的「黑」色，象徵著擁有把邪惡粉碎掉的強而有力的力量。白鬼先生用「白」色表達去除了欲望的「空」之境地。「黃鬼」先生用芥末黃來顯現出地獄的辛辣感。茶鬼先生的「茶」色，則顯示出了不讓地獄靈從大地深處逃出的強大壓迫感。

（三）

草津赤鬼出現在我的面前，是為了助我和妻子一臂之力。與惡靈和惡魔作戰是我，大山雄法，身為宗教家所理應承擔的工作。所以我對此並不排斥。但是，如今教團發展壯大了之後，開始產生出獨特的大企業病與官僚病。有些曾為教團出過力的幹部整日沒事幹，等著坐享其成，我的家族內部也出現了缺乏精神性，眼睛緊盯瓜分財產和爭奪權力不放的不齒之輩。赤鬼先生富有強烈正義感，絕不放任這類傢伙們。正當我們因施愛、寬容之愛而躊躇不前時，他揮舞鐵棒，將這些生靈直接打飛出去。妻子等人擔任了站在宗教的正邪觀點上斥責那些男男女女的角色，但這樣的做法令人疲憊不已，若不驅離生靈，又會妨礙我說法和進行靈言。為此，外星人雅伊多隆等人有時會使用電擊一閃來教訓他們，但大惡魔也就算了，對方是我的親人和幹部的話，對雅伊多隆難免會有些不好意思。這種時候，草津的赤鬼先生可就幫了大忙了。只要他大棒一揮，變成妖怪、天狗的生靈就會統統被趕跑。與惡鬼們不同的是，在閻魔殿工作的鬼們還兼任法官、檢察官和警察。

最近，當我在批判中國的共產主義的惡魔時，他們有時會前來作亂。對此，草津赤鬼同樣會用鐵棒制裁那些中國的惡魔。

偶爾，中國內部一位名叫洞庭湖娘娘的女神會突然出現，去驅逐那些利用極權主義而使民眾遭受痛苦的中國領導者惡魔。很久以前，這位女神曾在秦始皇想要乘船渡過洞庭湖的時候，讓強風吹得湖面洶湧而阻止了秦始皇。到了現代，她還讓揚子江和黃河發生洪水，為實現打破體制的目標發揮出驚人的能量。諸如此類的靈人們相當於靈界的自衛隊和特殊急襲部隊，助益甚大。所以，千萬不可看輕了溫泉的赤鬼們。

（四）

所以說，曾在草津的露天溫泉像被熱水煮了的青蛙般漂在水面上的，並不是大山雄法，也不是他的分身（靈性二重身）。那是赤鬼先生將家族裡幾個向我們提出惡欲的生靈通通物質化，把他們煮了。

由於他們遺傳了我的容貌，跟我長得相像。所以警察也好、醫院也好、草津開拓支部長也好，還以為是我本人被熱水煮了呢。

被送進醫院的、跟我長得像的那個人一夜間便人間蒸發，逃去了靈界。

早上護士走進病房一看，裡面一個人也沒有，只留下了濡濕的被褥。

反正，最近世間家庭破裂的事件頻發，究其原由幾乎都是因為嚮往經濟獨立的妻子的任性、丈夫和妻子雙雙出軌以及孩子們的無能。

在富裕家庭，無論以前還是現在，都不斷出現不肖的兒子和讓人擔心的女兒。他們大多是被寵壞、過於自負、患上被害妄想症、多半凡事以自我為中心。

草津赤鬼先生會碎唸說：「哎呀，忙死我了。為什麼會有這麼多又任性又自我的人啊」，一邊用鐵棒敲他們的頭。

所以，閻魔殿裡的鬼們如今依然健在，整日忙得不可開交。總之他們的心願是希望人們擁有信仰心、以神佛的目光來分辨善惡。有時信仰了正確宗教的現證就是獲得奇蹟和現世利益，但僅以此為目的去信仰宗教往往會墮落。信仰神佛，必須拋卻「以自我為中心」。最好能夠做到主動反省。做不到這一點的人，閻魔殿的審判將會等著此人。各種各樣的地獄如今依然存在。

如果這本拙著能夠將世間與天國地獄，以及外星人之間的關係傳播出去，亦是幸事。

◆◆◆ 大川隆法「法系列」· **最新作品** ◆◆◆

彌賽亞之法

從「愛」開始 以「愛」結束

定價380元

彌賽亞之法

法系列
第 **28** 卷

「打從這世界的起始，到這世界的結束，與你們同在的存在，那就是愛爾康大靈。」揭示現代彌賽亞，真正的「善惡價值觀」與「真實的愛」。

第一章　埃洛希姆的本心——區分善惡的地球神之教義
第二章　現今彌賽亞應說之事、應做之事——給處於人類史的轉換點之地球的指針
第三章　彌賽亞的教義——改變為依據「神的話語」之價值觀的戰役
第四章　地球之心——為人類帶來靈性覺醒的「香巴拉」
第五章　彌賽亞之愛——在靈魂修行之地「地球」的愛的應有之姿

◆◆◆ 大川隆法「法系列」◆◆◆

太陽之法

邁向愛爾康大靈之路

太陽之法

法系列
第1卷

定價400元

基本三法的第一本

本書明快地述說了創世紀、愛的階段、覺悟的進程、文明的流轉，並揭示了主．愛爾康大靈的真實使命，同時也是佛法真理的基本書。《太陽之法》目前已有23種語言的版本，更是全球累計銷售突破1000萬本的暢銷作品。

第一章　太陽昇起之時
第二章　佛法真理的昇華
第三章　愛的大河
第四章　悟之極致
第五章　黃金時代
第六章　愛爾康大靈之路

大川隆法描繪的小說世界．新感覺之靈性小說

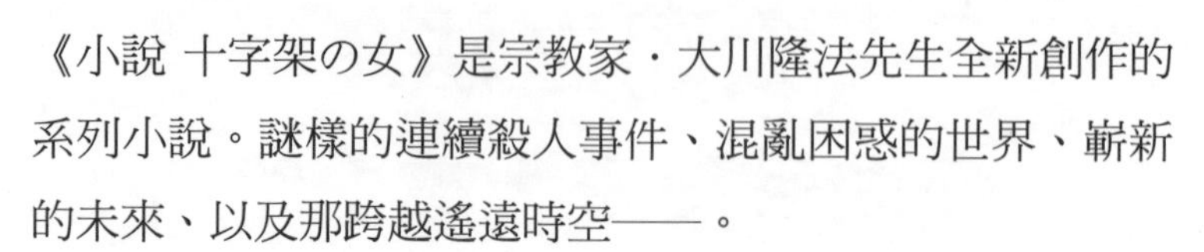

《小說 十字架の女》是宗教家．大川隆法先生全新創作的系列小說。謎樣的連續殺人事件、混亂困惑的世界、嶄新的未來、以及那跨越遙遠時空——。

描繪一名「聖女」多舛的運命，新感覺之靈性小說。

8月出版！

小說 十字架の女①〈神祕編〉

神祕的連續殺人事件
與美麗的聖女
女子所背負的，
是「光」、
抑或「闇」——。

小說 十字架の女②〈復活編〉

小說 十字架の女③〈宇宙編〉

現代武士道

從平凡出發

正是在這不安、混亂的時代，就越是要以超越私利私欲的勇氣之姿迎戰。
本書清楚究明淵源流長的武士道，並訴說不分東西，自古延續至今的武士道精神——貫徹「真劍勝負」、「一日一生」、「誠」的精神。

第一章　武士道的根本—武士道的源流
第二章　現代武士道
第三章　現代武士道　回答提問

現代武士道

定價380元

天御祖神的降臨

記載在古代文獻《秀真政傳紀》中的創造神

三萬年前，日本文明早已存在——？！回溯日本民族之起始，超越歷史定論，究明日本的根源、神道的祕密，以及與宇宙的關係。揭開失落的日本超古代史的「究極之謎」！

PART Ⅰ　天御祖神的降臨　古代文獻《秀真政傳紀》記載之創造神
第1章　天御祖神是何種存在
第2章　探索日本文明的起源　天御祖神的降臨
PART Ⅱ《天御祖神的降臨》講義
第1章　《天御祖神的降臨》講義　—日本文明的起源為何？—
第2章　提問與回答　—探索日本與宇宙的祕密—

天御祖神的降臨

定價380元

重生
從平凡出發

祈念本書能成為——追求覺悟之青年、後進的年輕世代，其人生的指標！
本書以半自傳方式回顧大川隆法先生的學習經歷，並闡明自身想法的淵源，以及描述創建「幸福科學」的歷程，以進一步將真理弘揚世界各地。書中，超越時空的智慧將給予讀者無限啟發，並協助讀者們找尋自身的人生使命。

第一章　從平凡出發
第二章　獨立的精神
第三章　多樣的價值觀
第四章　未知的佛神
第五章　存在與時間
第六章　達到非凡的愛的高度
第七章　信仰的勝利

重生

定價380元

以愛跨越憎恨
推動中國民主化之日本與台灣的使命

這不僅是一本精闢剖析共產主義、極權主義的現代政治啟蒙書，更是為了遏止第三次世界大戰在亞太地區爆發，身為亞洲人必讀的一本書！

第一章　以愛跨越憎恨
第二章　「人類的幸福」與「國家」
　　　　—提問與回答—
第三章　「自由、民主、信仰」將拯救世界—「毛澤東的靈言」講義—
第四章　答覆加拿大民運人士的提問

以愛跨越憎恨

定價350元

佛陀再誕

留給緣生弟子們的訊息

優曇花三千年僅綻放一次，同一時代只有一位佛陀降臨世間。是時候了！齊聚於再誕的佛陀身旁，聆聽佛陀的金口直言，拯救現代的社會！這是佛陀再臨，給予摯愛的弟子們的話語。用詞簡單、詩句形式包含智慧話語。翻閱本書，靈魂將不再飢渴，也將喚醒你選擇於與佛陀同一時代生而為人的原由。聆聽永恆導師的話語，喚醒你的使命！

第一章　我再誕
第二章　叡智之言
第三章　勿做愚氓
第四章　政治和經濟
第五章　忍耐和成功
第六章　何謂輪迴轉生
第七章　信仰與建設佛國之路

定價420元

佛陀再誕

不動心

跨越人生苦難的方法

這是一本教導人們如何獲得真正的自信、構築偉大人格的指引書。積蓄的原理、與苦惱的對決法等，訴說著讓人生得著安定感的體悟心語。

第一章　人生的冰山
第二章　積蓄的原理
第三章　與苦惱的對決
第四章　惡靈諸相
第五章　與惡靈的對決
第六章　不動心

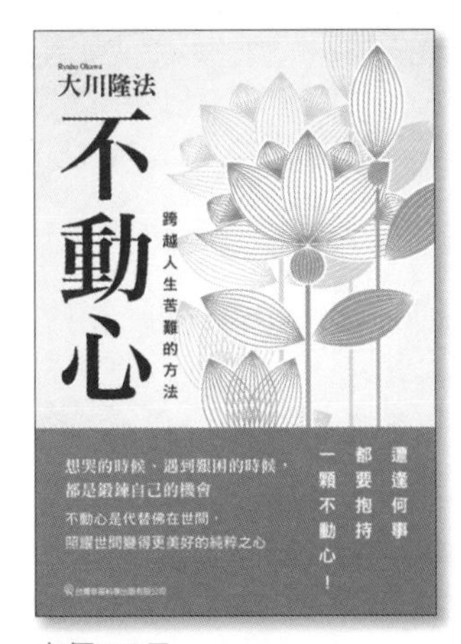

定價360元

不動心

真正的驅魔師

為了保護自己遠離惡靈或惡魔，從面對惡靈的基礎對策到驅魔的祕密儀式，你該知之事、當為之事。

第一篇　現代的驅魔師
第二篇　真正的驅魔師
第1章　靈障對策的基本——從基礎知識到實踐方法——
第2章　真正的驅魔師——打敗惡魔的終極力量——
第3章　作為宗教的專業驅魔師——「真正的驅魔師」的問與答——

真正的驅魔師

定價380元

惡魔討厭的事

為了守護自己與心愛之人免於惡魔影響！擺脫那些想要動搖、迷惑正直人們的存在，本書闡明其真相、手段，並提出克服的方法。

第1章　惡魔討厭的事
第2章　怨靈的產生
第3章　惡魔的真面目與看破之法

惡魔討厭的事

定價360元

大川隆法暢銷書‧愛‧信仰‧死後的世界

永恆生命的世界

死亡後的真實樣貌

死亡並非是永遠的別離，
死亡是人結束了地上界的旅程，
回到本來的世界……

第一章　死亡之下，人人平等
第二章　人死之後，靈魂何去何從？
　　　　（提問與回答）
第三章　腦死與器官移植的問題點
第四章　供養祖先的靈性真相
第五章　永恆生命的世界

永恆生命的世界

定價380元

靈界散步

步向光彩絢麗的新世界

人的一生，都將面對終末之時，當靈魂離開肉體之際，即將展開的是，前往靈界的旅程……

第一章　靈界的啟程
第二章　死後的生活
第三章　不可思議的靈界
　　　　（質疑之問與答）
第四章　最新靈界情況

靈界散步

定價380元

HAPPY SCIENCE

幸福科學集團介紹

幸福科學透過宗教、教育、政治、出版等活動，以實現地球烏托邦為目標。

幸福科學

一九八六年立宗。信仰的對象為地球靈團至高神「愛爾康大靈」。幸福科學信徒廣布於全世界一百六十八個國家以上，為實現「拯救全人類」之尊貴使命，實踐著「愛」、「覺悟」、「建設烏托邦」之教義，奮力傳道。

（二〇二三年一月）

愛

幸福科學所稱之「愛」是指「施愛」。這與佛教的慈悲、佈施的精神相同。信眾透過傳遞佛法真理，為了讓更多的人們能度過幸福人生，努力推動著各種傳道活動。

覺悟

所謂「覺悟」，即是知道自己是佛子。藉由學習佛法真理、精神統一、磨練己心，在獲得智慧解決煩惱的同時，以達到天使、菩薩的境界為目標，齊備能拯救更多人們的力量。

建設烏托邦

我們人類帶著於世間建設理想世界之尊貴使命，而轉生於世間。為了止惡揚善，信眾積極參與著各種弘法活動。

入 會 介 紹

在幸福科學當中，以大川隆法總裁所述說之佛法真理為基礎，學習並實踐著「如何才能變得幸福、如何才能讓他人幸福」。

想試著學習佛法真理的朋友

若是相信並想要學習大川隆法總裁的教義之人，皆可成為幸福科學的會員。入會者可領受《入會版「正心法語」》。

三皈依誓願

想要加深信仰的朋友

想要做為佛弟子加深信仰之人，可在幸福科學各地支部接受皈依佛、法、僧三寶之「三皈依誓願儀式」。三皈依誓願者可領受《佛說・正心法語》、《祈願文①》、《祈願文②》、《向愛爾康大靈的祈禱》。

幸福科學於各地支部、據點每週皆舉行各種法話學習會、佛法真理講座、經典讀書會等活動，歡迎各地朋友前來參加，亦歡迎前來心靈諮詢。

台北支部精舍
台北市松山區敦化北路 155 巷 89 號

幸福科學台灣代表處
台北市松山區敦化北路 155 巷 89 號
02-2719-9377
taiwan@happy-science.org
FB：幸福科學台灣

幸福科學馬來西亞代表處
No 22A, Block 2, Jalil Link Jalan Jalil Jaya 2,
Bukit Jalil 57000, Kuala Lumpur, Malaysia
+60-3-8998-7877
malaysia@happy-science.org
FB：Happy Science Malaysia

幸福科學新加坡代表處
434 Race Course Road #01-01
Singapore 218680
+65-6837-0777
singapore@happy-science.org
FB：Happy Science Singapore

小說　地球萬花筒

小說　地球万華鏡

作　　者／大川隆法

出版發行／台灣幸福科學出版有限公司
104-029 台北市中山區中山北路三段 49 號 7 樓之 4
電話／ 02-2586-3390　傳真／ 02-2595-4250
信箱／ info@irhpress.tw
法律顧問／第一法律事務所　余淑杏律師

總 經 銷／旭昇圖書有限公司
235-026 新北市中和區中山路二段 352 號 2 樓
電話／ 02-2245-1480　傳真／ 02-2245-1479

幸福科學華語圈各國聯絡處／
台　　灣　taiwan@happy-science.org
地址：台北市松山區敦化北路 155 巷 89 號（台灣代表處）
電話：02-2719-9377
FB 粉絲頁：幸福科學－台灣
新 加 坡　singapore@happy-science.org
馬來西亞　malaysia@happy-science.org
泰　　國　bangkok@happy-science.org
澳　　洲　sydney@happy-science.org

書　　號／978-626-96750-5-0
初　　版／2023 年 2 月
定　　價／360 元

國家圖書館出版品預行編目（CIP）資料

小說 地球萬花筒／大川隆法作. -- 初版.
-- 臺北市：台灣幸福科學出版有限公司，
2023.02
144 面；14.8×21 公分
譯自：小說　地球万華鏡

ISBN 978-626-96750-5-0（平裝）

861.57　　111021091

Copyright © Ryuho Okawa 2021
Traditional Chinese Translation © Happy Science 2023

Originally published in Japan as
'*Chikyumangekyo*'
by IRH Press Co., Ltd. Tokyo Japan
All Rights Reserved.
No part of this book may be reproduced, distributed, or transmitted in any form by any means, electronic or mechanical, including photocopying and recording ; nor may it be stored in a database or retrieval system, without prior written permission of the publisher.

著作權所有．翻印必究
本書圖文非經同意，不得轉載或公開播放

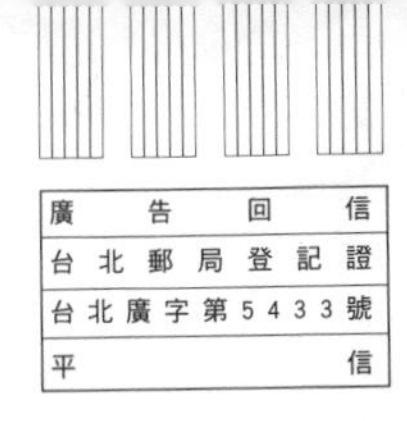

廣 告 回 信
台 北 郵 局 登 記 證
台 北 廣 字 第 5 4 3 3 號
平 信

IRH Press Taiwan Co., Ltd.
台灣幸福科學出版有限公司

104-029 台北市中山區中山北路三段49號7樓之4
台灣幸福科學出版　編輯部　收

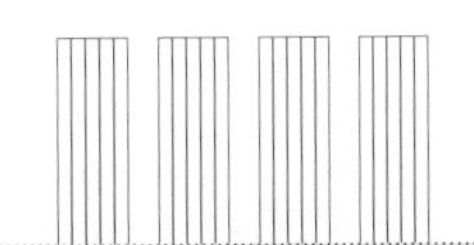

請沿此線撕下對折後寄回或傳真，謝謝您寶貴的意見！

大川隆法
Ryuho Okawa

小說
地球萬花筒

台灣幸福科學出版有限公司

小說 地球萬花筒

讀者專用回函

非常感謝您購買《小說 地球萬花筒》一書，
敬請回答下列問題，我們將不定期舉辦抽獎，
中獎者將致贈本公司出版的書籍刊物等禮物！

讀者個人資料 **※本個資僅供公司內部讀者資料建檔使用，敬請放心。**

1. 姓名： 性別：☐男 ☐女
2. 出生年月日：西元 年 月 日
3. 聯絡電話：
4. 電子信箱：
5. 通訊地址：☐☐☐-☐☐
6. 學歷：☐國小 ☐國中 ☐高中／職 ☐五專 ☐二／四技 ☐大學 ☐研究所 ☐其他
7. 職業：☐學生 ☐軍 ☐公 ☐教 ☐工 ☐商 ☐自由業☐資訊 ☐服務 ☐傳播 ☐出版 ☐金融 ☐其他
8. 您所購書的地點及店名：
9. 是否願意收到新書資訊：☐願意 ☐不願意

購書資訊：

1. 您從何處得知本書的訊息：（可複選）☐網路書店 ☐逛書局時看到新書 ☐雜誌介紹 ☐廣告宣傳 ☐親友推薦 ☐幸福科學的其他出版品 ☐其他
2. 購買本書的原因：（可複選）☐喜歡本書的主題 ☐喜歡封面及簡介 ☐廣告宣傳 ☐親友推薦 ☐是作者的忠實讀者 ☐其他
3. 本書售價：☐很貴 ☐合理 ☐便宜 ☐其他
4. 本書內容：☐豐富 ☐普通 ☐還需加強 ☐其他
5. 對本書的建議及讀後感
6. 盼望您能寫下對本公司的期望、建議…等等。

®IRH Press Taiwan Co., Ltd.
台灣幸福科學出版有限公司